화려한 거 말고,
뜨겁고

애틋한 거
따뜻하고

Prologue

저는 상처가 많은 사람입니다.

그리고 그런 상처로 인해 아픔 또한 안고 살고 있습니다.

하지만, 저의 그런 상처와 아픔을 이미 알고 있다는 듯이..

먼저 다가와 저를 따뜻하게 안아주고, 말하지 않아도 다 안다며..

저의 심장 박동수에 맞추어 토닥토닥.. 해 주는 따뜻한 당신의 손길..

저에겐 그런 당신이기에.. 오늘도 그런 당신의 품에 안기어 잠들어 봅니다.

차례

Prologue   2

연고로는 아물지 않는 상처   11

흉터를 간직한 채 기다리는 기다림   56

그때의 바보가 전하지 못하는 편지   110

가장 아픈 순간 내 옆에는 네가 있었다　　　　　113

마음의 상처는 너의 기다림을 끝으로　　　　　187

너에게 쓰는 편지　　　　　248

당신의 별

당신의 달

당신의 하늘

당신의 구름

당신의 바람

당신의 숨결

당신의 눈동자

당신의 입술

전부 담아 이 책을 드려요.

그런 당신은 내게 하나밖에 없는 소중함이니까요.

마음에 상처가 앉아 마음의 문까지 닫아버리고.
나 혼자만의 시간을 가지고 있던 내가.
너를 만나기까지. 그리고
우리라는 단어가 사용되기까지.
많은 기다림과 이해가 필요했었다.

연고로는 아물지 않는 상처

사랑은 유리다..

유리는 맑고 투명한데

힘을 주게 되면 쉽게 깨져버리기 마련이에요

사랑도 마찬가지라고 생각이 들어요

서로의 마음은 맑고 투명했었지만

한 사람의 잘못된 욕심으로

소유하기 위해 힘을 주게 되면

깨져버리니까요..

유리병에 담긴 사랑

네가 나를 떠나가면서 했던 말이 기억이나

나는 항상 그 자리 그대로인데

네가 나에게 변했다면서 그러한 이유로

나를 떠나가 버린 너..

그때는 아무 말도 하지 못했지만

뒤늦은 후에서야 너에게 말하고 싶다

나는 그 자리 그대로인데

네가 나에게 변했다는 생각을

가지고 있었다는 것은

네가 변한 것이 아닐까..?

그대로

그렇게 혼자서 생각하고
판단하고 통보할 거였으면

저를 사랑하긴 했었나요?

#통보

제 마음에 허락도 없이 들어와

주차까지 해 놓고선 그렇게 가버리면

남겨진 저는 어떡하라는 겁니까?

얽힌 실이 있다면

함께 풀어야 하잖아요

하지만 얽혀있던 실을

일방적으로 싹둑 잘라버리고

떠나가 버리면

남겨진 저는 어떡하라는 겁니까?

홀로 남겨진 나

너만 바라보라고 해서 보았고

너만 생각하라고 해서 생각했고

너만 기다리라고 해서 기다렸더니

이제는 그런 나를 떠나간대요..

너 하나만

마음이 처참히 찢기고

즈려밟혀도 그래도 나는

너였다.

\# 너라서

평생일 것만 같았던 너와

헤어진 오늘

그냥 아무 생각도 나지 않았어요

무엇을 그리워해야 하며

무엇을 슬퍼해야 하며

어떤 것부터 아파해야 하는지

순서도 정해주지 않았잖아요..

\# 이별 순서

처음에는 이해하지 못했어요

사랑하니까 나를 떠나간대요
그런데 시간이 지나고
이제는 알 것 같아요
정말 사랑해서 떠나간 것이 아니라

네가 나의 부족함을 더 이상 채워 줄 수 없어서
떠나간 것이라는 것을..

\# 시간 후에

아무리 지우려고 애쓰고 애써봐도

지워지지 않은 온기가 있다면

그건 아마도..

당신과 함께 나눴던

사랑이 아닐까 싶어요..

내 마음 속 너의 온기

저는 단지 좋아했던

마음을 표현하고

믿었을 뿐이니까요..

단지 너라서

문득 새벽에

피어오르기 시작한 생각은

나의 마음까지도

연기로 가득 채워져 갔다.

\# 끝없는 생각

오늘도 어김없이

너를 지우고 또 지워보다

그리움만 간직한 채

잠들어 본다.

\# 지쳐 잠들다

너를 내 마음속에서 지우려다
번져서 도려냈더니 피가 났고

약을 발랐더니 딱지가 생겼다
딱지가 아물어 흉터가 되었고

그 흉터를 간직한 채 오늘밤도
너를 그리워하다 잠들어 본다.

흉터

우리의 지난 아픈 기억들은

언제나 그랬듯

뜬금없는 새벽에 찾아와

나의 새벽을 괴롭히곤 했다.

새벽

누구나 작건, 크건.. 마음의 상처 하나쯤은 다 가지고 있을 거예요.

그러다 이리 치이고, 저리 치이며 상처의 아픔도 잊은 채

하루를 정신 없이 보내다 새벽이 찾아오면..

상처를 후벼 파는 아픔에 괴로워하다 지쳐 잠이 들고..

아무렇지 않은 척, 괜찮은 척. 일어나

오늘의 하루를 시작하는 그런 당신이기에..

오늘만큼은 포근함에 잠들 수 있기를..

고요했던 바다 깊은 곳까지

나의 울림이 전해졌다.

눈물

사람들이 그러잖아요

정말 너를 사랑해 줄 수 있는
그런 사람을 만나라구요

그런데.. 그런데 말인데요

그 말은 너를 사랑해 줄 수 있는
상대방에게도 해당되는 말이라는 걸
잊지.. 마세요.

착각

오늘도

괜찮다 괜찮다고 괜찮은 척

나 혼자만의 쓸쓸한 위로를 해본다.

쓸쓸한 위로

봄바람을 맞으며
아무 생각 없이
눈을 감고 있다 보면

너와 함께한 추억들이
봄바람을 타고 그렇게
스쳐 지나간다.

봄바람

뜨겁고 화려한 거 말고, 따뜻하고 애틋한 거.

\# 애틋함

마음은 모르겠다며 시치미를 떼보았지만

머리는 이미 아팠던 기억들을

다시.. 되살려 버렸다

마음은 간직되는 상처를 받고

머리는 기억되는 상처를 받고

그런 상처는

잊지 못할 아픔으로 남고..

되살림

저의 기억 속 어딘가에 있는 당신은

항상 저의 눈을 마주하며

저를 보고 웃고 있지만

당신의 기억 속 어딘가에 있을 저 또한

당신을 보며 웃고 있나요?

정작 기억 밖의 저는 울고 있지만..

기억 속의 나, 기억 밖의 나

기다림이란 정말 외로우면서도 그리운 걸 같아요.
언제 올지도 모르는 채 시간은 흘러만 가고..
흘러가는 시간은 왜 그렇게도 느리게만 가는지.
그런 오늘도 설렘과 떨림을 안은 채 당신만을 기다려 봅니다.

흉터를 간직한 채 기다리는 기다림

언젠간 이라는 말

참.. 슬프지 않아요?

저에겐 이 말의 뜻은..

기약도 없이 기다려야만 하는 것 같아서요..

언젠간

오로지 한 사람만을 위해서

내 모든 걸 걸고 사랑해본 적 있나요?

만약 없다면 사랑한 척한 거예요..

사랑한 척

상처가 많던 마음..

시간이 지나면 아물 것 같았고, 괜찮아질 줄 알았어요.

하지만,

시간이 지난 지금..

상처는 아물었지만,

기억이 그렇게.. 또 나를 괴롭히네요.

정말로 나를 사랑했었다면
끝까지 나와 함께 갔었어야지
중간에 나와 잡은 손도 놓아 버리고
그렇게 혼자 돌아서 버리면

그동안 너와 함께 걷던 내 걸음은
헛걸음이 되는 거잖아요..

돌아 서다

제가 제일 잘할 수 있는 것은

아무 생각도 없이 아무 목적도 없이

이제는 누군가를 기다리고 있는 것조차

잊어버린 채 기다리는 기다림입니다

너무 오랜 시간을 기다리고 또 기다리다 보면

무엇을 기다리는지.. 그리고 왜 기다리는지도

잊어버린 채 그냥..

한 사람만을 위한 기다림이 되어 버리더라구요..

잘하는 것

너와 나의 인생 중 3분의 1 정도는

서로 보고 싶고 그립기도 하고 안아주고 싶어도
어디에 있는지도 지금 무엇을 하는지도 모르는 채

하염없이 먼저 나타나기만을
기다리는 기다림이 아닐까?

기다리다

눈을 감은 채 바람을 맞고 있다 보면

마치 네가 뒤에서 나를 안아줄 것만 같아..

따뜻한 바람

두 눈을 꼭 감은 채

나의 모든 세포의 초점은

두 귀를 향하고 있고..

나를 안아주는 듯한 바람이

내 몸에 부딪혀 소리가 날 때..

네가 나의 곁에 다가와..

그동안 혼자 외로이

너만을 기다린 나를..

네가 왔다며 안아주고,

이제는 나 혼자 두고 떠나지 않겠다며

마치..

나를 다독여 주는 것 같이 느껴지고는 해..

"안녕하세요"

"처음 뵙겠습니다"

라고 했던 게 엊그제 같은데

이제는 그 흔한 인사조차

하지 못하게 되었지만

어딘가 있을 너에게

다시 한번

"안녕하세요"

"잘 지내세요."

\# 안녕하세요

오늘도 나만 전할 수 있고

나만 들을 수 있는 안부를

마음에 담아 보내 봅니다

그렇게.. 어딘가에 있을 너에게..

안부

너를 사랑했던 나도

나를 사랑했던 너도

너의 기억 속 나도

나의 기억 속 너도

이제는 행복하기만을 빌어본다.

행복을 빌다

사랑은요

한쪽이 계속 주는 것도 아니고

한쪽이 계속 맞춰주는 것도 아니고

한쪽이 계속 구걸하는 것도 아니더라구요..

사랑은요

괜찮지도 않으면서

괜찮은 척하는 것보단

괜찮지 않다고

스스로 인정해버리면

괜찮아지더라구요..

괜찮은 척

비가 올 때면 가끔 이런 생각이 들어

하늘에서 내리는 저 비를 맞고 있다 보면
내 볼을 타고 흘렀던 눈물 자국마저
씻겨 가 줄 것 같다고..

\# 눈물 자국

가끔..

아무에게도 들키지 않게

혼자 울고 싶은 날이 있어요.

지금까지 꾹.. 참고 참았던 것들이

터지면서.. 내리는 저 비에

모두 씻겨 내려가 줄 거라

믿고 싶거든요..

가끔 추억은 추억으로만 남겨두어야

아름다웠었다고 느낄 수 있는 거예요..

추억이 그래요

그냥 안 맞는 건 안 맞는 거예요

아무리 들어주고 대화를 한들
최소한의 양보와 타협이 있어야 하는데
그런 기회조차 없다면..

그건 그냥 안 맞는 거예요.

\# 다름

오랜 시간 동안

서로가 다른 생각과 다른 인격체로 다르게 살아왔어요.

그런데 하루 아침에 이 모든 것들이 다 맞을 수는 없거든요.

처음에는 보이지 않았던 다름들이

나중에는 하나둘씩 보이게 되고..

그렇게, 서로의 다름이 의견차를 좁히지 못해

다툼으로 번지게 되고..

그러면 대화로서 풀고, 타협도 해야 하는 거잖아요.

다음부터는 그러지 않을게.. 다음부터는 내가 더 신경 쓰고,

조심할게.. 미안해.. 라며 먼저 사과하고, 안아주면 돼요.

하지만, 그런 대화조차도 거부하면서

알아주기만을 바란다면..

결국, 서로가 다른 길을 선택해야 하지 않을까요?

안녕?

너의 안부를 묻는 말

안녕?

너의 계절을 묻는 말

안녕?

너의 마지막을 묻는 말..

안녕? 또 그렇게 안녕..

괜찮아 사랑도 했었으니까..

괜찮아 아파도 봤었으니까..

괜찮아 울어도 봤었으니까..

괜찮아

기억은 항상 제멋대로인 것 같아요

잊고 싶은 기억조차 다시 되살려 버리거든요..

제멋대로인 기억

사랑을 했건 이별을 했건

저는 둘 다 좋은 경험을 했다고

생각이 들어요

한쪽은 뜨겁게 아팠고

또 다른 한쪽은 차갑게 아팠으니까요..

\# 좋은 경험

나무가 내게 말했다

한곳에 묵묵히 오래 기다리고 기다리다 보면
언젠간 너의 꽃을 만날 수 있을 거라고..

너라는 꽃

오늘도 어김없이 가면을 쓴 채
가식적으로 다가오는 사람들에게
받을 상처가 두려워
마음의 문을 닫아 봅니다.

마음의 문

내 볼을 스쳐 지나가는

바람에게 물었다

"사랑은 어떻게 생겼나요?"

그러니 바람이 내게 말했다

사랑은 바람 같이 생겼다고..

그러고는

내 볼에 흘러 내리는

비에게도 물었다

"사랑은 어떻게 생긴 건가요?"

그러니 비가 내게 말했다

사랑은 비처럼 생긴 거라고..

사랑의 생김새

바람처럼

내 볼에 온기가 느껴지기도 전에..

비처럼

내 볼을 타고 흐르는 눈물에..

온기를 빼앗겨 버리는

이런 사랑 말고,

따뜻함의 온기가 머무를 수 있는

그런 사랑을 하고 싶어요..

그때의 바보가 전하지 못하는 편지

새벽에 문득.. 너의 생각이 떠오르곤 한다.

처음 너를 만나.. 정말 행복한 나날들이

너와 나의 앞에 펼쳐질 것만 같았다.

하지만, 그것도 잠시..

그렇게.. 시간이 점점.. 흘러갔고..

네가 나를 바라보는 눈빛도.. 마음도.. 처음 나를 바라보고, 내가 알던

그 눈빛과 그 마음이 아니었다. 그러곤 점점 나의 사소한

모든 것까지도 소유하기를 바랬으며, 내가 가지고 있던

색깔 또한 지우기를 바랬고, 마냥 너의 옆이면 좋았던 그런 나였기에..

나의 색깔을 지운 채 네가 원하는 대로 모든 것들을 해주며,

나 자신마저 포기해 버린 그런 내가.. 너의 옆에 있었지만..

그것마저도 너는 너의 성에 차지 않았는지.. 더욱 더 나의 숨통을

조이는 너의 요구에 그렇게.. 가쁜 숨을 간신히.. 힘겹게.. 몰아 쉬며

산소호흡기를 달고서 버티고, 버티다..

결국, 네가 나에게 뱉은 말 한마디에.. 너와 나의 모든 것들이 끝나버렸다.

나의 색깔까지도 지워가며, 너의 옆에 있었지만 ..

결국, 너는 그런 나를 남겨 둔 채 떠나갔다.

지금도 가끔 생각이 나.. 그때의 바보 같았던 내가.. 그래도 너였던 내가..

그거 알아요?

처음 너를 보았을 때..

창가에 비친 너의 눈동자와

너와 내가 서로 마주 보던 눈동자는

다르다는 것을?

창가에 비친 너의 눈동자는

왠지 모르게 슬퍼 보였고.

너와 내가 서로 마주 보던 눈동자는

왠지 모르게 상처가 많은

나의 마음을 움직였다는 것을.

가장 아픈 순간 내 옆에는 네가 있었다

누군가와 사랑을 했었고, 그러다 이별을 하게 되었고.. 이 과정은

정말 내 사람을 만날 때까지.. 반복에 또 반복이 되는 것 같아요.

내 사람.. 정말 찾기 힘들죠?

어느 시점에 다다르게 되면 나도 모르게 지쳐 포기하게 되고..

그러다 갑자기 어디선가 '짠' 하고 나타나..

나의 기나긴 외로움과 그리움을 안아줄 그런 사람이

제 안으로 들어오게 되더라구요..

그런 사람이야말로 내가 그토록 기다리고, 기다렸던 내 사람이자

내 사랑이 아닐까요?

하루 종일 누군가

내 머릿속에서 떠나가지 않는다면

그건 호기심일 거고

하루 종일 누군가

내 마음속에서 떠나가지 않는다면

이건 사랑일 거예요..

\# 하루 종일

네가 보이는 대각선에 앉아

너의 예쁨에 나의 마음을 빼앗긴 채

그렇게 너를 바라보고 있었지만

그런 너는 나의 시선이 느껴졌었는지

네가 나를 향해 눈을 돌렸을 때

나도 모르게 그만 너의 눈을 피해 버리고 말았다

아직은 너에게 한없이 작은 나였으니까..

그리고 그런 너에게

나의 마음을 들키고 싶지 않았었으니까..

아직은 한없이 작은 나

당신을 진심으로

대변할 수 있는 방법은

솔직함입니다.

\# 솔직함

무엇이건

당신의 진심을

알아주기를 바란다면

정말 솔직함을 가지고

당신을 어필해 보세요.

그러다 보면

솔직함으로 진심이 통해

어떠한 일이건 잘 될 수 있을 거예요.

그런 당신의 솔직함에는

무엇보다도

용기와 의지가 담겨 있으니까요..

굳게 잠겨있던 마음이

진심을 통해 열린다면

정말 그보다 더한 사랑도

내어 줄 수 있는데..

\# 바램

네가 잠들어 있는 이 시간에도

저 달은 항상 우리의 위에서

밝게 빛나주고 있어..

\# 빛나다

너의 마음에 처음으로

다가서기 위해

내뱉은 말..

"커피 한 잔 할래요?"

용기 한마디

어두컴컴한 공간에만 있었던 내가

그렇게, 빛을 향해 뛰쳐 나왔을 때

다시.. 설렘과 떨림을 안고, 처음 네게 다가 갔었다.

하지만, 너 또한 상처 아닌 아픔에

서로가 먼저 다가오기만을

바랐던 것 같다.

커피 한 잔 할래요?

내게 설렘과 떨림, 그리고 울림을 주었던 너에게

처음 내뱉은 말..

나의 작은 떨림이 큰 울림이 되어

너에게 닿을 수 있기를..

너에게 닿기를

나의 파스텔색 바탕에

너의 구름조각들을 그리고 싶어..

너의 조각

사랑이라는 서툰 감정을 어떻게 표현해야 할지
그리고 어떻게 내 마음 그대로 너에게 전달해야 할지
정말 많은 고민을 하고 또 고민을 했었다

하지만 그 답은 의외로 간단했었다
그냥 내 마음이 시키는 대로 그대로
너에게 사랑하면 "사랑해"라고 말하는 것이었고

항상 주머니에서 너만 들을 수 있는 사랑의 표현들을
주저 없이 꺼내 보여주면 되는 것이었다.

마음이 시키는 대로

사랑도 표현을 해야지 알지

표현도 하지 않으면서..

내 마음을 알아주기만을 바란다면

얼마 가지 못해 주저 앉아 버리고 말 거예요..

이제는 아무것도 할 수 없을 거라며

모든 것을 다 내려놓고 울고 있었을 때..

너라는 나무가 그렇게 뒤에서 나를 안아 주었다.

나무의 따뜻함

처음에는 서로 어울리지 않다고 생각이 들었어요

하지만 아니더라구요

어울리지 않는 건 당연한 것이고

서로 그렇게 어울려 가는 것이더라구요..

어울림

너와 나의 도화지에

너와 나의 추억을 그려 넣고

너와 나의 예쁨도 그려 넣고

우리의 사랑 또한 그려 넣어본다.

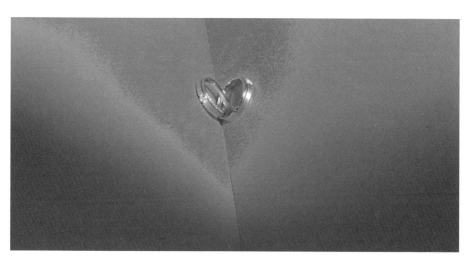

우리의 도화지

처음 네가 내 마음에 노크를 하기 시작할 때
사실.. 나 자신 스스로가 두렵기도 했어요

상처가 많던 내가 괜히 너에게
상처 아닌 아픔을 입힐 것 같아서..

\# 두려움

조급해하지 마세요

저 어디 안 가고 이 자리 그대로 서 있을 테니

그 사람에 대한 흔적들을 정리하고

다시.. 저에게 안겨 주면

저는 그걸로 된 거예요.

말하지 못한 흔적들

서로가 서로에게
아픔을 말하지 않아도
너무도 잘 알기에

더욱더 세게
안아줘야 하는 거예요..

따뜻한 포옹

당신이 품고 있는 하이얀 꽃

이제는 제가 물들지 않게

꼭 안아 줄게요.

하이얀 꽃

다 알아요.

그러니 아무 말도 하지 않아도 돼요.

그런 마음 충분히 다 알고 있으니까요..

그런 당신 이리 와요.

제가 꼭 안아 줄게요..

나의 아팠던 기억이

너의 따뜻한 추억으로

그렇게 물들어 갔다.

물들다

상처의 구멍으로 시리기만 했던 나의 마음이

네가 주는 포근한 사랑으로 다시..

채워지고 있어..

아물다

그거 알아요?

우리가 처음 만나기까지

너도 그렇고 나도 그렇고

상처가 생겼다 흉터로 남았다

이렇게 반복하다

우리가 만났다는 것을..

이제는 이런 상처 입지 말아요

제가 모두 안아 드릴게요..

반복

지난 사랑이 아픈 추억이었다면

이제는 과감히 버리겠어요.

아픈 추억

양귀비의 꽃말은

위안, 위로, 몽상이래요.

양귀비의 꽃말처럼,

누군가 갑자기 '짠' 하고 나타나..

그동안 상처에 아팠던

내 마음을 위로해 주겠죠?

서로 다른 두 개의 아픔이

하나가 되어 갈 때..

우리의 상처는 그렇게

치유되어 갔다.

치유

알아요. 나에게 말은 하지 않지만

그런 너의 눈을 보고 있으면

망설이는 너의 마음이 보이니까요..

하지만, 굳이 말하지 않아도 돼요.

아팠던 기억을 다시 떠올릴 필요는 없으니까요.

그러니 이리 와요. 다시 더 세게 안아줄게요..

나의 영원할 것 같았던

기다림의 끝은 너였다.

\# 마침표

서로가 서로를 알아 보지 못한 채

그저 스쳐 지나가기만 했었던 너와 내가..

그렇게, 우리로 만나기까지

29년이라는 세월이 흐르고 흘러..

우연인 듯 서로가 서로를 알아보았고..

이제는 그런 우리가 꿈을 꾸기 시작했다.

당신만이 가지고 있는 당신의 색깔이

바래지지 않도록 색칠하고 또 색칠하면서

그렇게..

당신 곁에 머물러 있고 싶어요

내가 품고 있던 차가웠던 색깔을

네가 품고 있던 따뜻한 색깔로

다시 칠해준 그런 너였으니까..

당신의 색깔

당신의 변치 않을 마음

이제는 믿어 의심치 않아요

상처로 굳게 잠겨 녹슬어 있던

마음의 자물쇠를

따뜻한 손길로 감싸주며 녹인 그런 당신이니까요

그런 당신과 이제는 모든 날 모든 순간

함께 하고 싶은 마음뿐이니까요..

너와 함께

아침에 눈을 뜨자마자

네 생각을 한다는 것은

참.. 좋은 습관인 것 같아.

달콤한 습관

따뜻한 커피 한잔에

추억을 녹였고

은은한 향기에

마음은 설레어 갔다

지금처럼만 은은한 향기로

내게 남아주기를..

\# 나의 향기

너와의 하루하루 모든 것들이

마치 꿈을 꾸고 있는 것만 같아

아무 희망조차 남지 않았던 내게

꿈을 꾸게 만들어준 그런 너였으니까..

이제는 그런 네가 없으면

아무것도 할 수 없는

바보가 되어 버렸으니까..

꿈을 꾸다

너와의 추억이

내 기억 속에서

잊혀지는 그 순간은

내가 눈감는 그 순간..

그 순간

정말 사랑한다면

그 사람에게

무엇이든 바라면 안 돼요.

당신의 아픔만

안아주기를 바라지 말고,

상대방의 아팠던 아픔 또한

안아줄 수 있어야 해요.

그런 게 진짜 사랑이거든요.

마음의 상처는 너의 기다림을 끝으로

한줌의 빛조차 들어오지 않는 어둠이 가득한 곳에서

희망, 그리고 꿈조차도 포기했고..

사랑 또한 단념해버린 그런 나에게

희망, 그리고 꿈을 가지고 나의 손을 잡아 준 너..

처음에는 어떻게 해서든지 그런 너를

밀어내고, 또 밀어내 보려고 했었지만..

이제는 네가 없으면 아무것도 할 수 없게 되어버린 그런 나..

그랬던 내가.. 너에게는 말하지 못했지만..

지금.. 내 옆에서 자고 있는 너의 머리를 쓰다듬으며

미안했다고.. 미안하다고.. 혼자 중얼거려 본다.

내 인생에 최고의 선택은

너라는 걸 항상 기억하고 살게요.

선택

나 자신 하나도 감당하지 못했던 내가

너라는 존재에 마지막 용기를 얻게 되었고

그렇게 너의 손을 꼭 잡은 채

우리는 한 발짝 한 발짝 내딛기 시작한 거야..

\# 마지막 용기

당신은 제가 없어도 화려한 색을 잃지 않겠지만

당신이 설령 화려한 색을 잃더라도

저는 그런 당신 곁에 항상 머물고 싶습니다

저에겐 그런 당신이니까요..

그런 당신

상처투성이로

외로이 남겨진 나에게 너는

꿈이라는 따뜻함을 품고

그렇게 내게 찾아왔다.

나에게 너

차갑고 외로웠던 나의 마음이

당신의 포근함에

달콤한 꿈을 꾸게 되었다.

달콤한 꿈

너의 눈 나의 눈

너의 코 나의 코

너의 입술 나의 입술

우리가 마주하고 있는 지금

그리고 먼 지금조차

항상 서로의 미소가 끊이질 않기를..

지금 그리고 먼 지금

머리는 너에게 예쁜 말을 꺼내주었고

마음은 너에게 그런 예쁨을 안아주었다.

머리와 마음의 예쁨

당신과의 노트에는

사랑만 기록하고

아팠던 시련들은

기록하지 않을래요..

\# 너와 나의 노트

아팠던 시련,

참.. 많다면 많은 시련들이 있었을 거예요.

서로가 아닌 다른 이로 인해 싸운 적도 있었을 거고,

서로의 의견충돌로 인해 감정이 격해지면서 싸운 적도 있었을 거예요.

그리고..

표현은 이게 아닌데 표현하는 방법이 서툴러서 싸운 적도 있었을 거고..

정말 이렇게 두 번 다시 생각하고 싶지 않은

기억들을 꺼내어 보면

참.. 많은 것 같아요.

하지만..

서로의 사랑을 주고받는 시간도 모자란데..

이런 싸움으로 인해

감정낭비, 그리고 시간낭비는 하지 않았으면 해요.

자존감, 자존심, 자격지심..

사랑 안에서는 다 필요 없는 거예요.

정말 사랑한다면

아껴주고, 또 안아주고, 사랑해 주세요..

서로 사랑한다면

아껴주고 또 아껴주고

더 아껴주어야 해요

그렇게..

안아도 주세요

안아주고 또 안아주고

더 세게 안아주세요.

\# 아껴주세요

나는 바람을 타고 가다
너라는 갈대에 멈춰 섰다.

너의 곁에

당신과의 하루를 마감하기에 있어서

나의 하루는 오늘도 짧았습니다

그런 당신과 헤어지기 싫어

당신을 꼭 끌어 안았고

그런 당신도 나를 꼭 안아 주었다.

하루의 아쉬움

나를 보면 웃어주고,

나와 어디 갈 때면

내 손을 꼭 잡아주고..

무심한 척 하지만

나의 하루를 걱정해주는

당신이 있기에..

오늘 저의 하루는

그렇게

짧았습니다.

이제 나는 아프지 않아요

왜냐하면..
너라는 큰 그림자가
뒤에서 안아주고 있으니까요..

그림자

내가 유일하게 잘할 수 있는 건

지금 당장 해줄 수는 없지만
지금 당장 보여줄 수도 없지만

너와 같이 늙어 가면서
너를 아껴주고 또 안아주며
오직 너만 바라보고 사랑해 주는 것.

너와의 미래를 그리다

당신이 제게 준 이 사랑

새벽에도 고이 잘 간직하고 있어요

평상시에는 꼭꼭 숨겨 두었다

덩그러니 혼자인 새벽에

잠시 꺼내어 보아요..

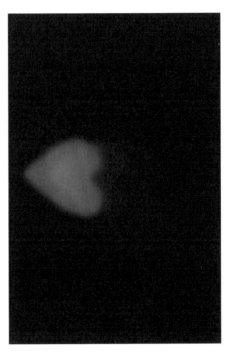

\# 새벽에 꺼내 본 당신의 사랑

이번 생에 당신을 만나..

이 세상에 하나밖에 없는

나의 꽃을 피울 수 있게 해주었고..

다음 생에는 다시 당신을 만나..

저번 생에 당신에 의해 피었던 나의 꽃을

소중히 잘 간직해.. 그런 당신께 드리겠습니다.

항상 오늘만

같았으면 하는

간절함이

끝없이 지속되기를..

\# 간절함

오늘도

너라는 봄은

나를 위해 활짝 피어 주었고

나의 겨울은

네가 주는 따뜻함에 봄이 왔음을 실감하고 있다.

너의 봄, 나의 겨울

아무것도 하지 않아도

서로 바라만 보고 있어도

좋은 지금 이 순간

영원토록 서로의 마음속에

잘 간직될 수 있기를..

간직

오늘도

너와의 만남과

너와의 연락이 닿는 것에

감사하고 또 감사합니다.

그렇게, 우리의 추억은 소중히 기억될 것이고..

항상 부족하고, 모자란 나를 채워주어서

고맙습니다.

Mars(♂)

왜 나를 좋아했었어?

Venus(♀)

네가 나를 배려해주는 게 좋기도 했고

책을 좋아하기도 했고

나랑 취미가 같은 사람을 만나는 게

처음이라 설레기도 했었어..

하지만

무엇보다 큰 이유는..

남들과 다르게 나에게

급하게 다가오지 않았다는 게 가장 좋았어

그런 네가 처음이라 더 좋았기도 했고..

내가 그동안 받은 상처를 알고

다가오는 것처럼 느껴기도 했거든..

이유

내가 너를 사랑하는 방식은

매일 너와 모든 것을 함께하는 것

하루하루 너의 모습을

내 눈에 담아 내 마음에 간직하는 것.

사랑 방식

너와 나 그리고 우리는

언제나 늘 그렇듯 서로가 서로에게 항상

시들지 않는 꽃이 되어주기를..

\# 시들지 않는 꽃

직접 손에 물들어가며 소중한 한 송이, 한 송이를

100송이로 채워준 너.

그리고..

다 타버리고 재밖에 남지 않은 내 마음에도

꽃이 피어나게 만들어준 너.

소중한 이 꽃 내 마음의 마지막까지

잘 간직하고 있을게요.

모두가 원하고 바라는 그런 사랑 말고,

우리가 원하고 바라는

우리만의 그런 사랑을 해요.

우리만의 사랑

당신의

따뜻했던 봄

그리고..

시렸던 겨울

이제는 제가 모두 안아드릴게요.

따뜻했던 봄 시렸던 겨울

너의 좋았던 추억

기억하기 싫었던 추억

앞으로 우리가 함께 할 추억으로

채워지기를..

고맙습니다 그리고 감사합니다

오늘도 제 마음을 소중히 다뤄주셔서..

\# 고맙습니다

너
에
게

쓰
는

편
지

이 말은 꼭 해주고 싶었어..

너도 그렇고, 나도 그렇고.. 거의 20년, 30년을 다르게..

다른 가치관과 다른 사상과 다른 인격체를 가지고 우린 만났어.

그렇게.. 처음 너와 내가 만나 "우리"가 되어 가는 과정에 있어서

한편으론, 서운해할 거고.. 또 다른 한편으론, 토라질 거고..

싸우기도 많이 싸울 거고.. 서로에게 상처도 줄 것만 같았어.

그런데 네가, 먼저 나를 이해해주고,

나에게 손도 먼저 내밀어주고,

나에게 설렘이란 단어를 직접 느낄 수 있도록 알려주고..

진짜 "내가 사랑받고 있구나"를 알려준 것도 '너야'

그리고 지금도 이렇게 나를 먼저 생각해주고,

배려해주고, 이해해주는 것에 있어서 감사해.

나도 부족한 게 너무 많지만.. 이제는 너와 내가 아닌 '우리'로서

서로 배려와 존중, 그리고 사랑.. 잊지 않을게..

마지막으로 정말.. 나를 사랑해주어서 고마워..

지 은 이 고성호

1판 1쇄 발행 2019년 8월 9일

저작권자 고성호

발 행 처 하움출판사
발 행 인 문현광
편 집 홍새솔
주 소 전라북도 군산시 축동안3길 20, 2층 하움출판사
I S B N 979-11-6440-050-8

홈페이지 http://haum.kr/
이 메 일 haum1000@naver.com
전 화 070-7617-7779
F A X 062-716-8533

좋은 책을 만들겠습니다.
하움출판사는 독자 여러분의 의견에 항상 귀 기울이고 있습니다.

이 도서의 국립중앙도서관 출판예정도서목록(CIP)은 서지정보유통지원시스템 홈페이지(http://seoji.nl.go.kr)와
국가자료종합목록 구축시스템(http://kolis-net.nl.go.kr)에서 이용하실 수 있습니다. (CIP제어번호 : CIP2019029321)

· 값은 표지에 있습니다.
· 파본은 구입처에서 교환해 드립니다.
· 이 책은 저작권법에 따라 보호받는 저작물이므로 무단전제와 무단복제를 금지하며,
  이 책 내용의 전부 또는 일부를 이용하려면 반드시 저작권자와 하움출판사의 서면동의를 받아야 합니다.